젊은 시인에게 보내는 편지

이음문고

들어가는 말

1902년 늦가을이었다. 나는 비너노이슈타트의 육군사관학교 정원에서 오래된 밤나무 아래 앉아 책을 읽고 있었다. 책 속에 어찌나 흠뻑 빠졌는지 이 학교의 교수 중 유일한 민간인이자 박학하고 온화하기로 유명한 호라체크 목사님이 다가온 것도 알아차리지 못했다. 목사님은 내 손에서 책을 가져가더니 표지를 보고는 고개를 저었다.

“라이너 마리아 릴케의 시집인가?”

목사님은 의미심장하게 물었다. 그리고 책을 이리저리 펼쳐서 시를 몇 줄 훑어보더니 생각에 빠져 먼

곳을 바라보다가 고개를 끄덕였다.

“여기 학생이던 르네 릴케가 정말 시인이 됐군.”

그리고 15년도 더 전에 부모님 손에 이끌려 장크트 푈텐의 중등군사학교에 들어온 깡마르고 창백한 소년이 장교가 되기까지의 이야기를 들려주었다. 당시 호라체크 목사님은 학교 목사로 근무했는데 아직도 그때의 제자를 똑똑히 기억하고 있었다. 목사님은 조용하고 성실하며 재능 있는 소년이었다고 묘사했다. 혼자 있는 걸 좋아하던 소년은 엄격한 기숙사 생활도 참고 견뎠으며 4년 후에는 친구들과 함께 메리시바이스키르헨의 고등군사학교에 진학했다. 하지만 약한 몸으로 훈련을 견디지 못하고 부모님 뜻에 따라 자퇴한 뒤 프라하대학에 들어갔다. 그 후 소년이 어떤 삶을 살았는지는 호라체크 목사님도 알지 못했다.

바로 그때 라이너 마리아 릴케에게 습작 시를 보내 평가를 받아야겠다고 결심했다. 모든 이야기를 듣고 나니 자연스럽게 그런 생각이 들었다. 나는 채 스무 살이 되지 않았고, 내 성향과 반대되는 직업에 몸

담으려 하고 있었다. 누구에게든 조언을 구하고 싶어서 시집 「나의 축제를 위하여Mir zur Feier」를 쓴 바로 그 시인에게 연락하기로 마음먹은 것이다. 처음에는 그럴 생각이 아니었는데, 습작 시에 덧붙여 내 속마음을 훤히 내보이는 편지를 쓰게 됐다. 그때까지, 그 이후에도 남에게 털어놓은 적이 없는 내용이었다.

답장이 올 때까지 몇 주를 기다렸다. 파란 소인을 보니 발신지가 파리였다. 묵직한 편지의 겉봉투에 또렷하고 유려한 글씨가 쓰여 있었고, 편지 첫 줄부터 마지막 줄까지도 글씨는 흐트러짐이 없었다. 그리고 1908년까지 라이너 마리아 릴케와 편지를 주고받았다. 이후에는 점차 뜸해지다가 어느 순간 완전히 연락이 끊겼다. 시인이 따뜻하고 애정 어린 마음으로 권해준 방향으로 나의 삶이 나아갔기 때문이다.

하지만 그런 것은 중요하지 않다. 중요한 것은 앞으로 소개할 열 통의 편지다. 이 편지는 라이너 마리아 릴케의 삶과 창작 세계를 이해하는 데 중요하며, 지금 그리고 앞으로 자라나고 성숙할 젊은이들을 위해서도 중요하다. 우리 젊은이들은 유일무이하고 위대한 시인의 말을 귀 기울여 들어야 한다.

1929년 6월 베를린에서

프란츠 크사버 카푸스

목차

첫 번째 편지

1903년 2월 17일

파리에서

친애하는 카푸스 씨

당신의 편지가 며칠 전에야 도착했습니다. 편지에서 보여준 깊고 견고한 신뢰에 감사드립니다. 더 이상 표현할 길이 없군요. 사실 나는 당신의 작품을 평가할 입장이 못 됩니다. 비평과는 거리가 먼 사람이기 때문입니다. 비평만큼 예술 작품을 감상하는 데 도움이 안 되는 것도 없고요. 비평은 어떤 방향으로 가든 결국 오해로 끝나고 마니까요. 사람들은 모든 것을 이해하고 말로 표현할 수 있다고 생각하지만, 사실은 그렇지 않습니다. 대부분의 일은 설명할 수 없어요. 우리의 말이 한 번도 발을 들여놓지 못한 곳에서 벌어지기 때문입니다. 그보다 더 말로 표현하기 힘든 것이 바로 예술 작품이에요. 정말 신비로운 존재입니다. 그저 흘러가는 우리의 삶 곁에서 예술 작품은 영원히 이어지니까요.

이렇게 미리 설명을 늘어놓았으니 당신의 시에 대해 조심스레 말해보겠습니다. 당신의 시는 개성이 뚜렷하지 않습니다. 하지만 개성 있는 시로 발전할 소질이 조용히 숨겨져 있습니다. 특히 당신이 보내준 마지막 시 '나의 영혼'에서 그렇게 느꼈습니다. 이 시는 당신만의 말과 선율이 살아 있더군요. 또 아름다운 시 '레오파르디에게'는 위대하고 고독한 시인 레오파르디*와 비슷한 무언가가 자라고 있더군요. 그렇지만 당신의 시들은 아직 독창적이지 못합니다. 자립하지 못했다는 뜻입니다. '나의 영혼'도, '레오파르디에게'도 마찬가지입니다. 당신의 시를 읽으면서 구체적으로 언급할 수는 없지만 부족하다고 느낀 점들을 함께 보내주신 친절한 편지를 보고 깨달았습니다.

당신의 시가 좋은 작품이냐고 물었죠? 이전에는 다른 사람에게 물었겠죠. 당신의 시를 잡지사에

* 자코모 레오파르디, 이탈리아의 시인

도 보냈고요. 다른 시인의 시와 비교하거나 편집자에게 거절의 말을 들으면 침울해지기도 하면서 말입니다. (당신이 내게 부탁을 했으니 감히 말하겠습니다.) 그 모든 걸 그만두십시오. 당신은 온통 밖으로 시선을 돌리고 있는데, 그래서는 안 됩니다. 밖에서 당신에게 조언하고 당신을 도와줄 사람은 아무도, 그렇습니다, 아무도 없습니다. 방법은 하나뿐입니다. 당신의 마음을 들여다보세요. 당신의 내면으로 들어가세요. 당신이 글을 쓰도록 만드는 근본이 무엇인지 살펴보세요. 그 근본이 당신의 마음 가장 깊은 곳에 뿌리내리고 있는지 확인하세요. 글을 쓰지 못할 바에야 죽음을 택할 것인지 생각해보세요. 이 모든 내용을 아주 조용한 밤에 자문해보십시오. '나는 글을 써야만 하는가?' 당신의 마음속에서 답을 찾아야 합니다. 질문에 대한 답이 긍정이라면, 다시 말해 짧고 강렬하게 '나는 글을 써야 해'라는 답이 나온다면, 운명에 따라 당신의 삶을 만들어가면 됩니다. 당신 삶의 사소한 순간조차도 갈망의 표시이자 증거가 돼야 합니다. 그다음은 자연에 가까이 다가가세요. 마치 태초의 인류가 된 것처럼. 당신이 무엇을 보고, 경험하고, 사랑하고, 잃는지 말해보십시오. 사랑 시는 쓰지 마십시오. 우리에게 흔하고 친숙한 것들은 피하세요. 시로 표현하기에 가장 어려운 소재입니다. 이미 오랫동안 위대하고 훌륭한 작품들이 전해진 터라 그 안에서 당신만의 개성을 보여주려면 압도적이고 성숙한 힘이 필요하기 때문입니다. 이런 일반적인 주제보다는 당신의 생활 속에서 나타나는 시상을 발견하세요. 당신의 슬픔과 소망, 스쳐지나가는 생각과 아름다움에 대한 믿음을 묘사해보십시오. 모든 감정을 경건하고 조용하고 겸허한 솔직함으로 묘사해보십시오. 당신의 감정을 주변 사물, 꿈에 나타난 장면, 기억 속의 인물들을 이용해 표현하십시오. 당신의 일상이 빈약하게 느껴지더라도 일상을 탓하지는 마세요. 당신 자신을 꾸짖으며 아직 일상을 풍요롭게 만들 시인이 되지 못했다고 말하십시오. 진정한 창조자에게 빈곤한 일상이나 결핍된 시상, 흥미롭지 않은 장소란 존재하지 않기 때문입니다. 사방이 두꺼운 벽으로 둘러싸여 외부의 소리가 당신의 의식까지 전달되지 않는 옥방에 갇혀 있다 하더라도, 당신에게는 여전히 왕궁의 보물창고처럼 소중한 어린 시절의 기억이 있지 않습니까? 그쪽으로 관심을 돌려보십시오. 먼 과거에 이미 가라앉은 감정을 건져올려야 합니다. 당신의 개성은 더욱 굳건해지고 당신의 외로움은 더 넓어져서 점차 어두워진 집이 되면 다른 사람들의 소리는 멀리 지나쳐 갈 것입니다. 이렇게 내면의 변화를 시작으로 자신만의 세계에서 시가 흘러나오면 더 이상 남에게 당신의 시가 좋은지 나쁜지 묻지 않을 겁니다. 더 이상 잡지사에 시를 보내 관심을 끌 필요도 없을 겁니다. 당신의 작품에서 소중하고 자연스러운 재산을, 당신 삶의 한 조각과 목소리를 볼 것이기 때문입니다. 숙명으로 싹튼 예술 작품은 아름답습니다. 이러한 예술 작품의 가치를 판단하는 기준은 작품이 생겨난 근본에 있습니다. 그 외의 다른 기준은 없지요. 그렇기 때문에, 친애하는 카푸스 씨, 내가 당신에게 할 수 있는 조언은 이것뿐입니다. 내면의 깊은 곳, 당신의 삶이 샘솟는 그곳을 탐색해보라는 것입니다. 삶의 원천에서 당신은 질문에 대한 답을 찾을 것입니다. '시를 써야만 하는가?'에 대한 답 말입니다. 답이 들린다면 해석하려 하지 말고 있는 그대로 받아들이십시오. 아마 당신이 예술가가 되어야 한다는 증거일지도 모릅니다. 그 운명을 받아들이고 짊어지십시오. 운명의 무게와 위대함까지도 말입니다. 외부의 보상이 있을 거라 생각하지는 마십시오. 진정한 창조자는 스스로가 하나의 세계요, 모든 것을 자기 내면에서, 혹은 자신과 연결된 자연에서 찾아야 하니까요.

당신의 내면과 고독까지 깊이 내려갔다 올라오면 시를 포기해야 할지도 모릅니다(앞서 말한 것처럼 글을 쓰지 않아도 살아갈 수 있다고 느끼는 것만으로 충분합니다. 그러면 글을 쓰지 않아도 됩니다). 그렇다고 해서 당신에게 조언한 자기 성찰이 의미 없는 건 아닙니다. 당신의 삶은 앞으로 당신만의 길을 찾을 테니까요. 그 길이 편안하고 풍요롭고 드넓기를 이루 말할 수 없이 바랄 뿐입니다.

더 이상 무슨 말을 해야 할까요? 내가 할 말은 모두 한 것 같습니다. 마지막으로 한 가지만 더 당부

하자면 당신의 성장을 조용히, 그리고 진중하게 이어나가야 합니다. 자꾸만 외부로 시선을 돌리고, 내면의 감정과 차분한 시간 속에서 얻을 수 있는 답을 바깥에서 찾으려 하는 것은 당신의 성장에 걸림돌이 될 뿐입니다.

참, 편지에서 호라체크 선생님의 소식을 듣고 정말 기뻤습니다. 세월이 흘러도 늘 존경하고 감사하는 은사님이거든요. 이 같은 마음을 선생님께도 전해주겠습니까? 그분이 아직도 나를 기억하신다니 기쁘고 감사할 따름입니다.

당신이 나를 믿고 보내준 습작 시는 다시 돌려드리겠습니다. 나에게 보여준 깊고 진심 어린 신뢰에 다시 한번 감사합니다. 덕분에 당신과 일면식도 없는 내가 모든 지식을 끌어모아 솔직하게 답할 수 있었습니다.

존경과 진심을 담아

라이너 마리아 릴케

두 번째 편지

1903년 4월 5일
이탈리아 피사 근교 비아레조에서

친애하는 카푸스 씨

당신이 2월 24일날 보내준 편지에 이제야 고마움을 전하는 나를 용서해주십시오. 그동안 건강이 좋지 않았습니다. 병이 든 것은 아니지만 독감에 걸린 듯 무기력증이 이어져 아무 일도 못 했어요. 아무리 기다려도 몸이 나아질 기미를 보이지 않아 결국 이곳 남쪽 바다까지 오고 말았습니다. 전에도 여기 와서 건강을 되찾은 적이 있거든요. 하지만 여전히 건강이 좋지 않고 글을 쓰는 것조차 힘듭니다. 그러니 몇 줄 되지 않는 편지지만 장문이라 생각하고 읽어주세요.

당신이 보내준 편지를 받을 때마다 무척 기뻐한다는 것을 알아주십시오. 당신의 손에 아무것도 건

네지 못할 나의 답장도 너그럽게 받아주세요. 사실 깊이 있고 중요한 일을 할 때면 우리 인간은 어쩔 수 없이 혼자가 되기 마련입니다. 한 사람이 다른 사람에게 조언하거나 도움을 주려면 많은 일이 일어나야 하고, 성공하려면 모든 상황이 운 좋게 맞아떨어져야 합니다.

오늘은 두 가지만 말씀드리지요. 첫 번째는 반어법입니다.

반어법에 지배당하지 마십시오. 특히 창작 활동을 하지 않을 때는 더욱 조심해야 합니다. 하지만 창작 활동을 할 때는 삶을 표현하는 수단으로 반어법을 이용해보십시오. 순수하게 이용하면 반어법도 순수합니다. 반어법을 사용했다고 부끄러워할 필요도 없어요. 반어법과 너무 친해졌다는 기분이 들면, 반어법이 점점 더 친근해지는 게 두려워진다면, 크고 진중한 대상으로 관심을 돌리십시오. 그 앞에서는 반어법도 초라하고 힘없는 존재가 될 겁니다. 반어법이 내려가 닿을 수 없는, 사물의 깊은 곳을 탐구하십시오. 거대한 존재가 바로 곁에서 느껴질 정도로 가까이 다가갔다 싶으면 반어법이 당신의 본성에서 나온 것인지 확인하십시오. 진지한 대상의 영향을 받으면 반어법은 당신에게서 떨어져 나가거나(만약 반어법이 우연성을 띤다면), 아니면 더욱 강하고 견고한 도구가 되어 당신이 예술 작품을 만들 때 사용할 수 있을 것입니다(반어법이 당신 존재의 본성에서 나온 것이라면 말이지요).

두 번째는 바로 이것입니다.

내가 가진 책 중에서 내게 꼭 필요한 책은 그리 많지 않습니다. 그렇지만 두 권은 어디를 가든 꼭 들고 다닙니다. 이곳으로 올 때도 가지고 왔어요. 하나는 성경이고 또 하나는 덴마크의 위대한 시인 *옌스 페테르 야콥센*의 책입니다. 당신도 그의 작품을 읽어봤는지 궁금하군요. 어렵지 않게 구할 수 있을 겁니다. 몇 권은 레클람출판사에서 아주 수준 높은 번역으로 출간한 적이 있거든요. 추천할 만한 책은 작품집 「여섯 편의 노벨레」와 소설 「닐스 뤼네」입니다. 「여섯 편의 노벨레」의 첫 노벨레인 '모겐스'부터 읽어보세요. 행복하고 풍요로운,

이루 말할 수 없이 위대한 세계가 눈앞에 펼쳐질 겁니다. 한동안 야콥센의 책을 탐독하며 배울 가치가 있다고 느끼는 것들을 익히십시오. 우선 그의 책을 사랑하십시오. 그 사랑은 수천 배가 되어 당신에게 돌아올 테니까요. 확신하건대 그 사랑은 삶이 어떤 방향으로 나아가든 앞으로 겪어나갈 모든 경험과 실망과 기쁨 중 가장 중요한 실타래가 되어 당신의 미래를 수놓을 겁니다.

내게 영원한 창작물의 본질을 알려준 존재에 대해 감히 말하자면 두 사람의 이름만 떠오릅니다. 한 사람은 훌륭하고 위대한 시인 *야콥센*이고 다른 한 사람은 그 어느 예술가도 뛰어넘을 수 없는 조각가 오귀스트 로댕입니다.

당신의 앞날에 성공이 있기를!

당신의

라이너 마리아 릴케

세 번째 편지

1903년 4월 23일
이탈리아 피사 근교 비아레조에서

친애하는 카푸스 씨

당신이 부활절에 보내준 편지를 받고 매우 기뻤습니다. 먼저 당신에게 좋은 소식이 많이 담겨 있었기 때문이고, 두 번째는 당신이 야콥센의 위대하고 아름다운 예술을 언급한 내용을 보니 당신의 삶과, 삶에 대한 질문의 해답을 야콥센의 충만한 작품에서 찾아보라는 나의 조언이 잘못되지 않았기 때문입니다.

이제 「닐스 뤼네」의 세계가 당신 앞에 펼쳐질 것입니다. 정말 장엄하고 심오한 작품이지요. 읽으면 읽을수록 책 속에 담긴 삶의 모든 향내부터 무르익은 열매의 깊고 풍성한 맛까지 느낄 수 있습니다. 이 책에는 이해되지 않았거나, 손으로 붙잡지 못했거나, 경험하지 못했거나, 기억의 떨리는 여운으로만 남은 것은 아무것도 없습니다. 중요하지 않은 경험이란 없으며, 아무리 작은 사건이라도 마치 운명처럼 펼쳐집니다. 이 운명은 경이롭고 커다란 직물이며, 그 안에서는 한없이 부드러운 손길에 이끌린 실 수백 오라기가 나란히 서거나 엮이기도 합니다. 당신도 이 책을 처음 읽었을 때 큰 행복을 경험하고, 새로운 꿈을 꾸듯 수많은 놀라움의 향연 속을 거닐었겠지요. 자신 있게 말하건대 나중에 다시 읽어도 똑같은 경이로움을 느낄 것입니다. 이 책은 비범한 힘을 절대 잃지 않으며, 처음 읽었을 때 빠져든 동화 같은 모습 또한 사라지지 않을 테니까요.

이 책을 읽는 이는 책을 더욱 즐길 것입니다. 더욱 감사하며 더 제대로 더 단순하게 관조할 것입니다. 삶에 대한 믿음이 깊어지고, 삶이 더욱 행복하고 위대해질 것입니다.

다음에는 마리 그루베의 운명과 그리움이 담긴 멋진 책을 읽은 뒤 야콥센의 편지와 일기, 단편집을 읽고 마지막으로 (번역본이지만 아쉬운 대로)

그의 시를 읽어야 합니다. 영원한 울림이 살아 있는 시를 말이지요(야콥센의 모든 작품이 들어 있는 전집을 권하고 싶습니다. 모두 세 권인데 라이프치히의 오이겐디데리히스출판사에서 나왔고 번역도 훌륭합니다. 내 기억이 맞는다면 권당 5~6마르크입니다).

그의 작품 '여기 피었던 장미꽃은 어디에'(비할 데 없이 잘 쓴 짜임새 있는 작품입니다)에 대한 당신의 의견은 서문을 쓴 사람에 비하면 정말, 정말 옳은 말입니다. 그런데 한 가지 당부하고 싶은 것이 있습니다.

미학적인 비평은 되도록 읽지 마십시오. 이런 글들은 생동감을 잃은 응어리 속에서 딱딱하게 굳어버려 감각을 잃은 편향된 시각이거나, 오늘은 이런 견해가 이기고 내일은 반대가 되는 교묘한 말장난이니까요. 예술 작품은 한없이 고독하며 비평만큼 예술 작품과 동떨어진 것도 없습니다. 오직 사랑만이 예술 작품을 붙잡고 이해하고 정확히 마주할 수 있습니다. 이런 논쟁이나 비평, 서문을 읽을 때면 늘 당신 *자신*이, 당신의 감정이 옳다고 생각하십시오. 만약 당신의 생각이 틀렸다면, 당신 내면의 자연스러운 성장이 당신을 천천히 다른 인식의 길로 이끌 것입니다. 당신의 의견이 조용히 아무런 방해도 받지 않고 스스로 자라게 두십시오. 다른 모든 발전이 그렇듯 이런 성장은 내면 깊은 곳에서 나와야 합니다. 무언가에 강요당하거나 재촉받으면 안 됩니다. 모든 것은 달이 찰 때까지 품고 있다가 낳아야 합니다. 모든 인상과 감정의 싹이 그 안에서, 어둠 속에서, 형언할 수 없는 공간에서, 무의식 속에서, 이성이 닿지 않는 곳에서 완전해지도록 두십시오. 그리고 깊은 겸손과 인내심으로 명백함이 새롭게 태어나기를 기다리십시오. 이것만이 예술가로 사는 방법입니다. 이해할 때나 창작할 때나 마찬가지입니다.

여기서는 시간을 헤아릴 수가 없습니다. 1년도 10년도 아무것도 아닙니다. 예술가라는 존재는 계산하지도 헤아리지도 않아야 합니다. 예술가는 나무처럼 풍성해지는 존재입니다. 수액을 흘리지 않고 봄의 강풍 속에서 혹시 여름이 오지 않으면 어쩌나 걱정하는 일 없이 의연하게 서 있는 존재입니다. 여름은 반드시 오니까요. 하지만 여름은 자기 앞에 영원처럼 길고 걱정 없이 조용한 시간이 펼쳐진 듯 인내심 있게 기다리는 사람에게만 찾아옵니다. 나는 이 사실을 매일 깨닫습니다. 오히려 고마움을 느끼는 고통 속에서 말입니다. *인내*가 전부입니다!

리하르트 데멜의 「독일의 서정 시인」에 대해 말하고 싶군요. 그의 작품을 읽을 때면(그와 조금 친분이 있는데, 인품이 매우 훌륭한 사람입니다), 그의 아름다운 글귀가 적힌 한 페이지를 읽고 나면 다음 페이지로 넘기기가 두려워질 정도입니다. 지금까지 느낀 감정이 엉망이 되고 작품의 매력이 시들어버릴까 두렵기 때문이지요. "격정적으로 살고 격정적으로 시를 썼다"는 당신의 묘사가 정말 잘 들어맞는 인물입니다. 사실 믿기 힘들지도 모르겠지만 예술적인 경험은 성적 경험에서 오는 고통이나 쾌감과 비슷하지요. 이 두 가지 감각은 갈망과 행복의 또 다른 표현인 것 같습니다. 격정 대신 성이라는 말을 쓴다면, 물론 이때의 성은 교회의 과오 때문에 더럽혀지지 않은 크고 폭넓고 순수한 것이므로 데멜의 예술은 매우 위대하고 한없이 중요한 작품이 되겠지요, 그의 시적인 힘은 거대하며 원초적인 본능처럼 강력합니다. 그의 작품은 자신만의 강력한 운율이 있습니다. 화산이 폭발하듯 그의 내면에서 우러나오는 리듬이지요.

그런데 이런 힘이 늘 솔직하고 꾸밈없지는 않은 모양입니다(이것이 바로 창작자가 직면하는 가장 어려운 시험입니다. 창작을 하는 사람은 항상 자신이 지닌 최고의 미덕을 깨닫지도 알아차리지도 못하는 존재여야 합니다. 그런 미덕이 지닌 솔직함과 순결함을 빼앗고 싶지 않다면 말이지요!). 이런 힘이 창작자 안에서 흐르다가 성적인 것으로 표출될 때, 창작자는 그 힘에 걸맞은 순결한 존재가 아니므로 문제가 생기기도 합니다. 완벽하게 성숙하고 순수한 성의 세계는 존재하지 않습니다. *인간적*이지 못한 성의 세계, 즉 남성적인 성의 세계만이 존재할 뿐이지요. 격정적이고 도취된, 그리고 불안정한 이 성의 세계는 낡은 편견과 교만으로 가득 차 있습니다. 데멜은 이러한 세계로 사랑을 왜곡하고 사랑에 짐을 지웠습니다. 그는 오로지 남자로서만 사랑했고, 인간으로서는 사랑하지 않았습니다. 그래서 데멜의 성 감각 속에는 편협한 것, 야만적인 것, 원한에 찬 것, 시대에 얽매인 것, 영원하지 않은 것이 자리 잡고 있지요. 이런 것들이 그의 예술을 보잘것없고 애매하고 불확실한 것으로 만듭니다. 그의 작품에 오점이 없는 것은 아닙니다. 그의 예술은 시간과 열정에 갇혀 있습니다. 그중 일부만 오래도록 지속될 테지요(하지만 대부분의 예술이 그렇습니다!). 그럼에도 불구하고 우리는 데멜의 예술에서 대단한 면을 깊이 즐길 수 있습니다. 물론 자기 스스로를 잃거나 불륜과 혼란이 가득한 데멜의 세계를 신봉해서는 안 되겠지요. 데멜의 세계는 진정한 운명과는 거리가 멉니다. 진정한 운명이란 순간의 혼탁함보다 더 큰 고통을 지우고, 위대함으로 나아갈 기회를 더 많이 부여하며, 영원함으로 가는 용기를 더욱 북돋기 때문입니다.

마지막으로 내 책에 대해 말하자면, 사실 당신이 좋아할 만한 책을 다 보내주고 싶습니다. 하지만 나는 넉넉하지 않고 내 책들은 한 번 출간된 이상 손을 떠난 존재가 됩니다. 나 자신조차 그 책들을 살 수 없는 형편입니다. 내 책을 좋아해줄 사람들에게 선물하고 싶은 마음이 굴뚝같은데도 말이지요.

그래서 이 편지에 최근 출간된 내 책들의 제목(과 출판사)을 적어보내려고 합니다(가장 최근에 나온 책만 적겠습니다. 지금까지 열두 권에서 열세 권 정도 출간됐습니다). 기회가 되면 몇 권 구입하기 바랍니다.

내 책이 친애하는 당신 곁에 머물길 바랍니다.

잘 지내십시오!

당신의

라이너 마리아 릴케

네 번째 편지

1903년 7월 16일

브레멘 근교 보르프스베데에서

한 열흘 전에 파리를 떠났습니다. 건강이 매우 좋지 않았고 피곤했습니다. 지금은 북쪽의 넓은 평야에 있습니다. 이곳의 탁 트인 평지와 고요함 그리고 하늘이 나를 다시 건강하게 만들겠지요. 하지만 장마가 시작됐습니다. 끊임없이 바람이 휘몰아치다 오늘에야 한 줄기 빛을 비추고 있습니다. 맑게 갠 첫 순간 친애하는 당신에게 안부 인사를 전합니다.

친애하는 카푸스 씨, 당신이 보내준 편지를 답장도 없이 너무 오래 방치했군요. 답장 쓰는 걸 잊은 것이 아닙니다. 그 반대입니다. 당신의 편지는 다른 편지들 사이에서 발견하면 다시 읽게 되는 편지입니다. 편지를 읽으면 당신이 바로 곁에 있는 느낌이 들었습니다. 5월 2일에 보낸 편지라는 사실을 당신도 기억하겠지요. 그 편지를 이렇게 멀리 떨어진 곳에서 고요한 가운데 읽고 있자니 삶에 대한 당신의 아름다운 걱정이 느껴집니다. 파리에서도 느꼈습니다만, 파리는 모든 것이 요란하게 울려서 어떤 사물이 진동하는 소리가 소음에 압도되어 점점 사그라지는 곳이거든요. 이곳, 나를 둘러싼 광활한 대지가 있고 그 위로 바닷바람이 부는 곳에서 생각하건대, 깊은 내면에 생명을 지닌 당신의 질문과 감정에 아무도 대답하지 못할 거라고 느낍니다. 제아무리 논리정연한 사람이라도 미묘하고 말로 표현할 수 없는 내용을 전달하기란 불가능하기 때문입니다. 하지만 당신이 언제까지고 답을 얻지 못한 상태에 머물지는 않을 것이라 믿습니다. 지금 내 눈에 원기를 되찾아주는 것들을 당신도 따른다면 말이지요. 당신이 자연에 다가간다면, 자연 속의 수수한 것과 거의 보이지 않을 정도로 작은 것 그리고 갑자기 커져서 가늠할 수 없는 것으로 다가간다면, 당신이 작고 하찮은 것들을 사랑하며 주인의 신뢰를 얻으려는 하인처럼 가엾은 것들 쪽으로 다가간다면, 모든 일이 더 쉬워지고 당신과 하나가 되고 당신과 어우러질 테지요. 깜짝 놀라 멈춰버린 지성이 아니라 당신의 깊은 의식과 각성 그리고 지식을 통해 이루어지는 일들 말입니다.

당신은 젊고 출발선에 서 있는 사람입니다. 그래서 이렇게 부탁하고 싶습니다. 당신의 가슴속에 있는 풀리지 않는 문제들을 인내로 대하십시오. 그 문제들 자체를 폐쇄된 방이나 알지 못하는 언어로 쓰인 책처럼 사랑으로 대하려고 노력하십시오. 당신이 얻지 못한 답을 찾아내려 하지 마십시오. 어차피 당신은 아직 그것을 경험하지 못했으니까요. 모든 것은 경험입니다. 당신의 질문에 대한 답을 직접 살아보십시오. 언젠가 자신도 모르는 새 해답 안에서 살고 있는 자신을 발견해낼 것입니다. 어쩌면 당신은 내면에 특별히 행복하고 순수한 삶을 만들고 다듬을 기회를 품고 있는지도 모릅니다. 그쪽을 향해 자신을 이끄십시오. 그러는 와중에 무언가를 마주하면 깊은 믿음으로 받아들이십시오. 그것이 당신의 의지에서 나온다면, 당신의 가장 깊은 곳에 있는 필요에서 나온다면 혐오하지 말고 받아들이십시오. 성이란 정말 어려운 것입니다. 사실 우리에게 지워진 모든 것이 어렵습니다. 진지한 것은 다 어렵고 모든 것이 진지합니다. 당신이 이를 인지하고 당신 스스로, 자신만의 성향과 방식으로, 당신만의 경험과 어린 시절과 힘으로 (관습과 도덕의 영향을 받지 않은) 고유한 성 관념을 구축한다면 본심을 잃지 않을까, 가장 소중한 재산을 소유할 자격이 없어지지는 않았을까 하며 걱정하지 않아도 됩니다.

육체의 쾌락은 감각적인 경험입니다. 순수한 직관이나 우리의 혀를 가득 채우는 달콤한 과일의 순수한 느낌과 다를 게 없습니다. 그것은 우리에게 주어진 거대하고 무한한 경험이며 세계에 대한 인식이고 모든 지식의 풍요이자 광채입니다. 경험을 받아들이는 것은 나쁜 일이 아닙니다. 나쁜 것은 대부분의 경험이 악용되는 일입니다. 사람들은 이런 경험을 낭비하고 삶의 지루한 부분을 해소하는 자극으로만 여기며 자신을 가장 높은 곳으로 이끄는 방법이 아니라 기분 전환으로 이용할 뿐입니다. 그들은 먹는 일까지도 다른 방향으로 바꿔버렸습니다. 한쪽은 궁핍하고 다른 한쪽은 넘쳐흐르다 보니 먹는 욕구의 깨끗한 속성이 혼탁해지고 말았습니다. 이와 비슷한 깊고 소박한 욕구들도 탁해지고 말았습니다. 삶에 활기를 불어넣는 욕구들 말입니다. 하지만 개인은 자신을 위해 그런 욕구들을 깨끗하게 만들 수 있으며 명료하게 경험할 수 있습니다(남들에게 지나칠 정도로 의존하는 개인이 아니라 고독한 개인을 말합니다). 이런 사람은 동물과 식물의 내면에 있는 모든 아름다움이 사랑과 그리움의 고요하고 영원한 형태라는 사실을 기억하며, 식물을 바라보듯 동물을 바라봅니다. 동물들이 인내심 있게 기다리며 짝을 이루고 번식하고 성장하는 모습을요. 동물은 육체적 쾌락이나 고통이 아니라 쾌락이나 고통 따위보다 훨씬 크고 의지나 저항보다 훨씬 강력한 욕구 때문에 성적인 행동을 합니다. 아, 우리 인간이 지구상의 가장 작은 생명체에도 깃든 이런 비밀을 조금 더 겸허하게 받아들이고 더 진심으로 견디며 사소하게 생각하지 않고 그것이 얼마나 어려운 일인지 몸소 느낀다면!

인간이 경외심을 가져야 할 생식력은 정신적인 것이든 육체적인 것이든 오직 하나뿐입니다. 정신적인 창조 역시 육체적인 창조에서 나오며 본질은 같습니다. 다만 육체적인 쾌락을 조금 더 미미하게 더욱 무아지경으로 끊임없이 반복한 것이 정신적인 창조입니다. '무언가를 낳고 만드는 창조자가 된다는 생각'은 이 세상의 영속적이고 위대한 증명과 실현 없이는 아무것도 아니며, 수많은 사물과 동물이 보내는 수천 번의 동의 없이는 아무것도 아닙니다. 창조자의 즐거움이 이루 말할 수 없이 아름답고 풍요로운 이유는 그것이 대대로 이어진 수백만 번의 잉태와 분만의 기억을 품고 있기 때문입니다. 창조자의 생각 한 번에는 수천 번 잊힌 사랑의 밤이 살며 생각을 숭고함과 환희로 채웁니다. 그리고 밤마다 만나 굽이치는 쾌락 속에 몸을 겹치는 사람들은 진지한 작업을 하고 있습니다. 이들은 달콤함을, 깊이를, 그리고 힘을 곧 등장할 시인의 노래를 위해 모으는 것입니다. 그 시인은 세상에 나와 말로 표현할 수 없는 황홀경을 읊겠지요.

이들은 미래를 가까이 부르고 있습니다. 그들이 실패했다 하더라도, 눈이 멀어 서로 끌어안은 채 머물기만 하더라도 미래는 다가오고 새로운 인간은 태어납니다. 우연처럼 보이는 근본에도 법칙은 존재하니까요. 이런 법칙에 따라 힘차고 단호한 정자가 이를 기꺼이 받아들일 준비가 된 난자를 향해 거침없이 달려가는 것입니다. 존재의 외면에 현혹되지 마십시오. 깊은 내면에서는 모든 것이 법칙을 따릅니다. 이런 비밀을 잘못된, 그리고 나쁜 방식으로 사는 사람들(이런 사람은 매우 많습니다)은 이러한 법칙을 깨닫지 못한 채 봉인된 편지처럼 내용도 모르고 다음 사람에게 넘겨주는 것입니다. 터무니없이 다양한 이름과 지나치게 복잡한 사건 사이에서 혼란에 빠지지 마십시오. 누구나 그리워하는 위대한 모성이 모든 존재 위에 자리할 테니까요. 처녀의 아름다움, (당신이 그토록 아름답게 묘사했듯이) '아직 아무런 성과도 거두지 않은' 존재의 아름다움이란 자신의 존재를 깨닫고 준비하기 시작한, 불안하고 갈망하는 모성입니다. 어머니의 아름다움은 헌신하는 모성이며 할머니의 아름다움은 커다란 추억입니다. 나는 남자에게도 모성이 있다고 생각합니다. 육체적이고 정신적인 모성 말이지요. 남자가 무언가를 만들어내는 행위도 분만이며, 내면의 충만함에서 나오는 창조도 분만입니다. 남자와 여자는 사람들이 생각하는 것보다 더 비슷한 존재일지도 모릅니다. 이 세상의 위대한 개혁은 남자와 여자가 모든 그릇된 감정과 혐오에서 벗어나 서로 반대되는 존재가 아닌 형제자매로서, 이웃으로서 서로를 추구하고 인간으로서 연대하여 그 어려운 성을 수수하고 진지하고 참을성 있게 함께 짊어질 때 일어납니다.

하지만 다른 사람들도 언젠가 할 수 있는 그 일을 고독한 사람은 이미 준비하고 있으며, 좀체 실수하지 않는 자신의 양손으로 만들고 있습니다. 그러니 친애하는 카푸스 씨, 당신의 고독을 사랑하고 거기에서 나오는 고통을 아름답게 울리는 탄식으로 견뎌내십시오. 당신과 가까운 존재가 멀게만 느껴진다고 했는데, 이는 당신의 주변이 점차 넓어진다는 뜻입니다. 당신과 가까운 존재가 멀리 느껴진다는 말은 당신 주변이 이미 별 아래에 이를 정도로 광대해졌다는 의미입니다. 그러니 누구도 따라가지 못할 자신의 성장을 기뻐하십시오. 뒤에 남겨진 사람들에게 친절하고, 그들 앞에서 자신감과 침착함을 보이십시오. 의심 때문에 그들에게 고통을 주지 말고, 그들은 이해하지 못할 당신의 신념과 기쁨으로 그들을 겁주지 마십시오. 당신이 계속해서 다른 존재로 변한다 하더라도 바뀌지 않을 순박하고 정직한 공통점, 그들과의 공통점을 찾으십시오. 당신의 삶과는 다른 그들의 삶의 방식을 사랑하고, 당신에겐 친근하기만 한 고독을 두려워하는 나이 든 사람들을 관대하게 대하십시오. 부모와 자식 간의 끊임없는 갈등을 다루는 연극의 소재가 되지 않도록 하십시오. 이런 갈등 때문에 자식은 힘을 허비하고 부모는 비록 손에 잡히지 않지만 따뜻함을 지닌 사랑마저도 완전히 소진하기 때문입니다. 이들에게 조언을 구하지 말고 이해를 기다리지 마세요. 다만 유산처럼 당신에게 전달된 사랑을 믿어야 합니다. 이 사랑에 힘과 축복이 있음을 믿으십시오. 당신이 아무리 멀리 가도 벗어날 일이 없을 만큼 거대한 축복을!

당신이 곧 자립할 수 있는 직업을 갖는다니 정말 좋은 일이군요. 직업의 틀에 갇혀 내면 깊은 곳의 삶이 옴짝달싹할 수 없는지 깨달을 때까지 묵묵히 기다리십시오. 나는 당신의 직업이 매우 어렵고 까다로운 일이라고 생각합니다. 엄청난 관습을 짊어진, 개인의 사고가 끼어들 여지를 조금도 내주지 않는 일이기 때문입니다. 하지만 당신의 고독이 든든한 지원군이자 고향이 되겠지요. 낯선 상황에 둘러싸이더라도 말입니다. 당신은 고독에서 모든 길을 찾을 테지요. 당신의 앞날에 모든 행운이 함께 하기를 바라며, 당신의 성공을 믿어 의심치 않습니다.

당신의

라이너 마리아 릴케

다섯 번째 편지

1903년 10월 29일
로마에서

친애하는 카푸스 씨

당신이 8월 29일에 보낸 편지는 피렌체에서 받았습니다. 두 달이 흐른 이제야 답장을 쓰는군요. 게으름을 용서하십시오. 사실 나는 여행 중에 편지 쓰는 것을 좋아하지 않습니다. 편지를 쓸 때는 평상시보다 많은 준비가 필요하기 때문입니다. 바로 조용함과 고독 그리고 너무 익숙하지 않은 시간입니다.

우리는 6주 전쯤 로마에 도착했습니다. 로마의 거리가 텅 비고 무더위와 열병이 기승을 부리는 때였습니다. 이러한 상황과 살 곳을 찾아야 하는 어려움이 겹쳐 우리를 둘러싼 불안은 그치지 않았고, 낯선 것들이 고향 없는 우리 마음에 무겁게 내려앉았습니다. 게다가 처음 며칠 동안 로마는 (이 도

시를 잘 모르는 우리에게는) 옴짝달싹 못 할 정도로 슬픈 도시였습니다. 도시가 내뿜는 침침하고 음울한 박물관 같은 분위기, 땅에서 파내 가까스로 복원한 과거(그 위에서 하찮은 현재가 먹고 삽니다), 이 모든 일그러지고 썩어버린 것들을 과대평가한 학자와 문헌학자의 말, 그것을 그대로 모방하는 이탈리아 관광객 때문이었습니다. 이런 유물의 근본은 다른 시대와 다른 삶의 우연한 잔여물에 지나지 않으며, 그 삶은 우리의 것이 아니고 우리의 소유물이 되어서도 안 됩니다. 몇 주 동안 쉽게 동화되지 못한 우리는 결국 (여전히 조금 혼란스럽지만) 자신을 되찾고 말합니다. "아니, 다른 곳보다 아름다운 것이 더 많지는 않아. 여러 세대를 거치며 늘 놀라움의 대상이 되고, 전문가의 손길로 수선을 받으며 보완된 이 물건들은 아무런 의미도 없어. 아무런 존재도 아니고 아무런 정신도 가치도 없어"라고 말이죠. 하지만 여기에는 수많은 아름다움이 있습니다. 아름다움 천지예요. 끊임없이 내달리는 활기찬 물줄기는 오래된 수로를 따라 거대한 도

시로 들어와 수많은 광장마다 놓인 하얀 석조 분수에서 춤추고 넓디넓은 수조로 퍼지며 낮에는 활기를 띠다가 밤이면 잠잠해집니다. 이곳의 밤은 광활하고 별로 뒤덮였으며 바람 덕에 부드럽습니다. 수많은 정원과 도저히 잊기 힘든 가로수 길과 계단, 미켈란젤로가 고안한 바로 그 계단들도 있지요. 아래로 흐르는 물줄기를 본떠 만든 계단인데, 굽이치는 물결이 끝자락으로 갈수록 넓어지듯 위에서 아래로 내려올수록 넓어집니다. 우리는 이러한 인상을 받으면서 까다롭고 시끄럽게 지껄이는 수많은 것(어찌나 수다스러운지요!)으로부터 벗어나 자신을 되찾았습니다. 사람들이 사랑하는 영원함과 조용히 동조하는 고독이 깃든 소수의 사물을 구분하는 법을 천천히 배우고 있지요.

지금은 주피터의 신전이 있는 언덕에 머무르고 있습니다. 멀지 않은 곳에 고대 로마 예술의 위대한 아름다움을 그대로 보여주는 마르쿠스 아우렐리우스의 기사상이 있어요. 하지만 몇 주 내에 조용하고 소박한 방으로 옮길 생각입니다. 널따란 공원 깊은 곳에 외로이 들어앉아 도시의 소음과 우연으로부터 몸을 숨기기 좋은 작은 다락방입니다. 그곳에서 겨울을 보내며 웅장한 고요함을 즐길 계획입니다. 한적함이 유용하고 재능 있는 시간이라는 선물을 줄 거라 기대하고 있습니다.

고향집에 있는 기분이 들 그곳에서 더 긴 편지를 쓰겠습니다. 물론 당신의 편지에 대해서도 말할 생각입니다. 오늘 전할 내용은(이제야 말을 꺼내다니, 내가 잘못한 것 같군요) 당신이 보냈다는 책(당신의 작품이 들어 있는)이 아직 도착하지 않았다는 사실입니다. 혹시 보르프스베데에서 당신에게 다시 반송되지 않았나요(소포는 수취인이 외국으로 이사 간다 하더라도 다시 보내주지 않으니까요)? 당신에게 반송됐기를 바라며, 실제로 그랬는지 알고 싶습니다. 소포가 분실되지 않았기를 바랍니다. 이탈리아의 우편 사정을 생각하면 유감스럽게도 분실되기 쉽거든요.

그 책 또한 (당신의 소식을 전해주는 것이라면 무엇이든) 기쁜 마음으로 받았을 겁니다. 그동안 당신이 쓴 시들을 읽고 싶습니다. (나를 믿고 맡긴다면) 읽고 또 읽어서 가슴으로 이해하겠습니다. 건강과 성취를 기원합니다.

당신의

라이너 마리아 릴케

여섯 번째 편지

1903년 12월 23일
로마에서

친애하는 카푸스 씨

성탄절이 다가와 축제가 한창인 지금, 여느 때보다 무거운 고독에 눌려 힘겹게 버티고 있을 당신에게 꼭 인사를 전하고 싶군요. 하지만 당신의 고독이 위대한 존재라는 사실을 알아차렸다면 기뻐하십시오. (그리고 자문하십시오) '위대하지 않은 고독이 어떻게 고독이란 말인가?' 고독은 단 하나뿐이며 위대하고 견디기 힘든 존재입니다. 누구에게나 고독과 진부하고 값싼 유대감을 바꾸고 싶은 순간이 있습니다. 어디선가 처음 마주치는, 가치 없는 사람과 어울리고 싶은 충동이 들 때가 있다는 말입니다. 하지만 이때가 바로 고독이 자라는 순간입니다. 고독의 성장은 소년의 성장만큼 고통스럽고 봄의 시작만큼 슬프지요.

하지만 그 때문에 방황하지 마십시오. 꼭 필요한 것은 오로지 고독, 위대한 내면의 고독입니다. 당신의 내면으로 들어가 몇 시간 동안 아무와도 만나지 않는 상태, 이런 상태에 도달해야 합니다. 어린 시절 어른들이 중요하고 대단한 일을 하듯이 분주하게 돌아다닐 때 느꼈던 고독을 지금 느껴야 합니다. 어른들은 그저 바빠 보이고 아이는 그들이 무엇을 하는지 이해하지 못해 고독을 느끼지요.

그러다가 어른들이 바쁘게 하던 일이 시시한 것들이며 그들의 직업은 딱딱하게 경직돼 삶과 연관이 없다는 사실을 알아챘을 때, 왜 우리는 어린 시절에 낯선 것을 바라보듯 어른들을 바라본 것처럼 내면 깊은 곳, 즉 일이자 지위이자 직업인 고독의 넓은 자리에서 세상을 바라보지 않는 걸까요? 어째서 아이의 현명한 몰이해를 거부와 경멸로 바꾸려 합니까? 몰이해는 고독이지만 거부와 경멸은 우리를 떼어내려는 곳에 구태여 스스로 다가가는 겁니다.

친애하는 카푸스 씨, 당신이 내면에 지닌 세계

를 생각하십시오. 그 생각에 당신이 원하는 이름을 붙이십시오. 어린 시절의 기억이라든지 미래에 대한 갈망이라고 말이지요. 당신은 그 안에서 생겨나는 것에 주목하고 주변에 있는 무엇보다도 우선시해야 합니다. 내면 가장 깊은 곳에서 일어나는 일들은 당신의 모든 사랑을 받을 가치가 있습니다. 내면에 사랑을 쏟는 일에만 집중하고, 타인에게 당신을 변명하느라 시간과 노력을 낭비하지 마십시오. 그래야 할 이유도 필요도 없습니다. 당신의 직업이 힘들고 당신의 성향과 반대되는 일이라는 사실은 나도 알고 있습니다. 당신이 푸념하리라 짐작했습니다. 당신에게 도움이 될 위로는 할 수 없지만 조언을 하자면, 모든 직업이 그렇지 않은가 생각해보십시오. 모든 직업이 개인을 향한 요구와 적대감으로 가득 차 있지는 않은지, 무미건조한 의무 때문에 볼멘소리를 하는 자들의 혐오로 절어 있지는 않은지 말입니다. 당신이 살아가야 하는 상황이 다른 이들보다 더 무거운 관습이나 편견, 과오를 짊어지고 있지는 않습니다. 특별히 개인의 자유를 보장하는 직업이 있는지는 몰라도, 그 자체가 광범위해서 진정한 삶을 안겨주는 위대한 존재들과 관련된 직업은 없습니다. 오로지 고독한 개인만이 마치 사물처럼 심오한 규칙 아래 놓여 있지요. 집을 나와서 막 동이 트는 아침을 향해 걸어가거나 집으로 돌아와 하루의 사건으로 가득 찬 저녁을 내다보며 그곳에서 일어나는 모든 일을 느낄 때면 주변을 둘러싼 상황이 그에게서 떨어져나갑니다. 그가 아직 씩씩하게 살아 있는데도 죽은 사람에게서 떨어져나가듯이 말이지요. 친애하는 카푸스 씨, 당신이 지금 장교로서 경험하는 일들은 다른 직업을 선택했다 하더라도 느꼈을 일입니다. 직업을 갖지 않고 사회와 아주 사소하고 독자적인 접촉을 하려 했더라도 이런 갑갑함은 그대로 느꼈을 테지요. 어디를 가도 마찬가지입니다. 그렇다고 두려워하거나 슬퍼하지 마십시오. 다른 사람들과 친해지기 힘들다면 당신을 떠나버리지 않을 사물에 가까이 다가가십시오. 수많은 밤이 있고 나무 사이 그리고 넓은 대지에 부는 바람이 있습니다. 다양한 사물과 동물

근처에는 당신이 관여해야 할 사건이 무수히 많습니다. 아이들은 당신이 어린 시절에 그랬듯이 슬프기도 하고 행복하기도 합니다. 어린 시절을 떠올린다면 당신은 다시 고독한 아이들 틈에서 살아갈 것입니다. 어른은 아무런 존재도 아닙니다. 어른의 체면에는 어떤 가치도 없습니다.

어린 시절을, 어린 당신이 지녔던 천진난만함과 고요함을 떠올리는 게 두렵고 괴롭다면, 더 이상 신을 믿지 못하는 것입니다. 신은 당신의 어린 시절 어디에나 있었습니다. 그렇다면 친애하는 카푸스 씨, 이제 자신에게 물어보세요. 당신이 정말로 신을 잃어버렸는지 말입니다. 오히려 여태까지 단 한 번도 신을 가져보지 못했다고 말하는 편이 더 어울리지 않습니까? 언제 우리가 신을 가진 적이 있었습니까? 아이는 신을 가질 수 있다고 생각합니까? 어른도 간신히 짊어질 뿐이며 노인을 무겁게 짓누르는 신을요? 정말로 신을 가진 사람이 있다면 작은 돌멩이 하나를 잃어버리듯 신을 잃을 수 있다고 생각합니까? 한때 신을 가졌던 사람이 오히려 버림받았다고 생각하지는 않습니까? 하지만 당신의 어린 시절에 신은 존재하지 않았고 그 이전에도 신은 없었다는 사실을 깨닫는다면, 그리스도는 자신의 열망에 속았고 마호메트는 자만심 때문에 착각에 빠졌다는 사실을 알아차린다면, 그리고 우리가 이야기를 나누는 지금 이 순간에도 신은 존재하지 않는다는 사실에 소스라치게 놀란다면, 어째서 당신은 단 한 번도 존재하지 않은 신을 과거의 사람처럼 그리워하고, 신을 잃어버리기라도 한 것처럼 찾고 있습니까?

어째서 당신은 신을 다가오는 자, 영원 바로 앞에 서 있는 자, 미래의 인물, 우리가 이파리로 매달린 나무의 마지막 열매라고 생각하지 않습니까? 신의 탄생을 다가오는 시간 속으로 내던지고, 위대한 잉태의 역사 속 고통스럽고 아름다운 하루로서 자신의 삶을 살려는 당신을 방해하는 것은 무엇입니까? 일어나는 모든 일이 늘 새로운 시작이라는 사실을 왜 모릅니까? 시작은 그 자체로 항상 아름답기에 신의 기원이 될 수 있는 것 아닐까요? 신이 가장 완벽한 인물이라면 가득 넘쳐나는 것들 중에서 선택할 수 있을 만큼 사소한 존재들이 그 앞에 있어서는 안 됩니다. 모든 존재를 감싸안고 품으려면 그는 마지막 존재여야 하지 않을까요? 이렇듯 갈망하는 존재가 이미 과거에 있었다면 우리 인간은 도대체 어떤 의미를 지닐까요?

꿀벌이 꿀을 모으듯 우리는 모든 존재로부터 가장 달콤한 부분을 모아 신을 만드는 겁니다. 사소한 것으로부터, 초라한 것으로부터(사랑에서 나온 것이라면 말이지요) 시작합니다. 우리의 일과 일한 다음에 맛보는 휴식으로부터, 침묵과 작고 고독한 기쁨으로부터, 도와주는 사람이나 추종자 없이 혼자 하는 모든 일로부터 신을 만들기 시작합니다. 그런데 선조들이 우리를 경험하지 못했듯이 우리는 신을 체험하지 못할지도 모릅니다. 그럼에도 불구하고 오랜 과거가 된 조상들은 우리의 구성 요소로서, 운명의 짐으로서, 우리 몸 안을 내달리는 피로서, 깊은 시간 속에서 샘솟은 몸짓으로서 우리 내면에 존재합니다.

머나멀고 궁극적인 신에게 들어가겠다는 당신의 소망을 앗아갈 존재가 어디 있겠습니까?

친애하는 카푸스 씨, 시작하기 위해서 신은 당신이 느끼는 삶의 불안을 원할지도 모른다는 경건한 마음으로 성탄절을 즐기십시오. 당신에게 변화가 생긴 지금 이 나날들, 바로 이 시간이 신을 만드는 때인지도 모릅니다. 어린 시절 숨 돌릴 틈도 없이 신을 만든 것처럼 말이지요. 인내심을 가지고 불만은 저 멀리 떨쳐내십시오. 신이 나타나기를 조금이라도 돕는 것이 우리가 할 수 있는 가장 작은 일이라는 사실을 기억하십시오. 대지가 다가오는 봄을 맞이하듯 말입니다.

늘 즐겁고 행복하기 바랍니다.

당신의

라이너 마리아 릴케

일곱 번째 편지

1904년 5월 14일
로마에서

친애하는 카푸스 씨

지난번에 보내준 편지를 받고 나서 시간이 꽤 흘렀군요. 나를 너무 원망하지 마십시오. 처음에는 일이 바쁘더니 곧 다른 방해물이 생겼고, 얼마 지나지 않아 몸이 안 좋아져서 답장을 쓰지 못했습니다. 사실은 조용하고 화창한 날 편지를 쓰려고 했습니다. 이제 몸이 조금 나아져서(괴팍하고 변덕스러운 봄 날씨는 여기서도 마찬가지로 지독하더군요) 친애하는 당신에게 편지를 씁니다. 당신의 질문에 내가 아는 한 (온 정성을 다해) 답하도록 하겠습니다.

보는 바와 같이 당신의 소네트를 옮겨 써보았습니다. 아름답고 간결하고 차분하고 단정한 형식을 갖춘 시더군요. 여태까지 읽은 당신의 시 중에서 가장 뛰어납니다. 내가 필사한 것을 함께 보냅니다. 자기 작품을 다른 사람의 필체로 다시 한번 읽어보는 건 매우 중요하고 새로운 경험이니까요. 다른 사람의 작품이라고 생각하면서 당신의 시를 읽어보십시오. 깊은 내면에서부터 그 시가 당신의 작품이라는 사실을 여실히 느낄 것입니다.

당신의 소네트와 편지를 틈이 날 때마다 읽을 수 있어 기쁩니다. 그 두 가지 모두 당신에게 감사드립니다.

고독에서 벗어나기를 소망하는 것 때문에 혼란스러워하지 마세요. 그러한 소망을 조용히 심사숙고하여 도구로 사용한다면, 당신의 고독이 넓은 대지 위로 펼쳐지는 데 도움이 될 것입니다. 사람들은 (관습의 도움으로) 모든 일을 쉽게 해결하려고 합니다. 쉬운 해결법 중에서도 가장 쉬운 방법만 찾습니다. 하지만 우리가 어려운 쪽으로 향해야 한다는 것은 자명한 사실입니다. 살아 있는 모든 존재는 어려운 쪽을 향하고 자연의 모든 것은 자라면서 나름의 방식대로 자신을 지킵니다. 어떤 대가를 치르고 어떤 어려움을 맞닥뜨리더라도 끊임없이 자신을 지키려고 합니다. 우리는 식

견이 좁지만 어려운 방향으로 나아가야 한다는 사실만은 확실히 알고 있습니다. 이런 확실함이 우리 곁을 지켜주는 것입니다. 고독하다는 건 좋은 일이지요. 고독이란 어려운 것이기 때문입니다. 어렵다는 것, 그것이 우리가 그 일을 하는 이유입니다.

사랑도 대단한 일입니다. 사랑 또한 어렵기 때문이지요. 사람이 사람을 사랑하는 것. 우리에게 주어진 일 중 가장 어려운 과제인지도 모릅니다. 우리가 해야 할 가장 마지막, 궁극의 시험이자 고난이고 노동입니다. 다른 모든 노력은 그저 사랑을 위한 준비일 뿐입니다. 모든 분야의 초심자인 젊은이는 사랑을 알지 못합니다. 젊은이는 사랑을 배워야 합니다. 전신전령을 다해, 고독하고 불안하지만 높은 곳을 향하여 박동하는 심장에 모인 온 힘을 다해 사랑을 배워야 합니다. 하지만 배움의 시간이란 언제나 길고 고립된 시간이며, 사랑 또한 오랜 시간 삶 속 깊숙이 파고드는 고독입니다. 사랑하는 사람들이 겪는 고조되고 심화된 고독이자 고립인 것입니다. 사랑한다는 것은 마음을 열어 헌신하고 타인과 하나 된다는 뜻이 아닙니다(변하기 쉬운 존재, 불완전한 존재, 무질서한 존재끼리의 결합이 대체 무슨 소용이란 말입니까?). 사랑이란 개인이 성숙하기 위한, 내면에서 어떤 존재가 되기 위한, 세계가 되기 위한, 곁에 있는 사람을 감싸는 하나의 세상이 되기 위한 초월적인 동기입니다. 사랑이란 한 개인을 골라 엄청난 임무를 부여하는, 개인에게 주어진 위대하고 가혹한 요구입니다. 오직 이런 의미에서 젊은이들은 자신을 연마하는 과제로서 (밤낮으로 경청하고 망치질하며)* 자기에게 주어진 사랑을 이용해야 합니다. 타인과 화합하는 것 그리고 타인에게 헌신하는 것, 온갖 종류의 융화는 젊은이들이 해야 할 일이 아닙니다(젊은이들은 오랜 시간 힘을 아끼고 모아야 합니다). 이런 것은 가장 마지막에 옵니다. 어쩌면 인간의 삶은 그만큼 길지 않은지도 모릅니다.

하지만 젊은이들은 아주 빈번하게 매우 심각한 실수를 저지릅니다. 그들은 (젊은이의 본질이 참을성이 없다는 점이기는 하지만) 사랑이 다가오면 서로를 향해 자신을 내던지고 발산합니다. 불쾌하고 질서

* 릴케가 로댕의 예술 세계를 묘사한 책에서 사용한 구절

도 없고 혼란스러운 모습을 그대로 표출합니다. 그런다고 무엇이 되겠습니까? 삶이 반으로 쪼개진 더미들과 무슨 일을 하겠습니까? 젊은이들은 반씩 쪼개진 더미를 공동체라고, 행복이라고, 그리고 미래라고 부르지요. 그래서 타인을 위해 자신을 잃고, 그러다가 타인을 잃고, 앞으로 다가올 다른 많은 사람마저 잃고 맙니다. 드넓은 공간과 수많은 가능성을 잃고, 조용한 예감에 찬 것들을 포기하고, 다가오거나 멀어지는 것과 결실을 맺지 못하는 혼란을 맞바꿉니다. 혼란에는 아무것도 없습니다. 오로지 약간의 메스꺼움과 실망, 빈곤이 있을 뿐이지요. 결국 젊은이들은 가장 위험한 장소에 세워진 공동 대피소처럼 깔려 있는 수많은 관습 가운데 하나로 도망칠 따름입니다. 인간의 경험 중 이토록 많은 관습의 장비를 갖춘 분야는 없습니다. 다양하게 발명된 구명대, 보트 그리고 튜브가 즐비합니다. 사회적 관념은 갖가지 종류의 대피소를 만들었습니다. 성생활 역시 그저 쾌락으로 만들었습니다. 그래서 성생활 또한 다른 유흥거리처럼 값싸고 위험이 없고 안전한 것이 되어버렸습니다.

수많은 허울뿐인 젊은이들, 즉 너무 쉽게 자신을 내던지고 고독하지 않은 사랑을 하는 젊은이들(보통의 젊은이는 대부분 그렇습니다)은 실수에 압도되어 자신이 처한 상황을 나름의, 자신만의 방식으로 활력 있고 유익하게 만들려고 합니다. 사랑 문제는 공개적이고 어떤 합의에 의해 풀리는 다른 중요한 문제들과 전혀 다르다는 점을 그들의 본성이 알려주기 때문입니다. 사랑 문제는 사람에 따라 다릅니다. 문제가 생길 때마다 새롭고 특별하고 개인적인 해답이 필요한 이유입니다. 하지만 이미 서로를 내던져서 경계도 없고 각자를 구분할 방법도 없는 사람들이, 그래서 고유의 성질을 갖추지 못한 사람들이 어떻게 내면에서 해결책을 찾으며, 어떻게 이미 파묻혀버린 고독의 깊이에서 답을 찾을 수 있겠습니까?

그들은 다 같이 무력해지고 자신에게 쏟아지는 관습(결혼 같은)을 최대한 피하며 빠져나가려 하지만, 결국 그보다 조용하더라도 여전히 치명적인 관습이 뻗은 촉수에 걸려들고 말지요. 그들을 둘러싼 모든 현실이 관습이기 때문입니다. 일찍이 서로가 융합하고 불

투명한 연대를 맺어 행동하는 곳에서는 모든 것이 관습입니다. 이런 혼란을 따라 만들어진 관계에는 저마다 관습이 있지요. 평범하지 않은(쉽게 말해 도덕적이지 않은) 존재가 되고자 해도 말입니다. 맞습니다. 헤어짐조차 관습적인 발걸음이며 힘도 결실도 없는 몰개성의 우연한 결론일 뿐입니다.

사물을 진지하게 바라보는 사람이라면 어려운 죽음과 어려운 사랑에 아무런 설명도 해답도 암시도 해결 방법도 없었다는 사실을 깨달을 것입니다. 우리는 스스로 뒤집어쓴 두 가지 과제를 열어보지도 않은 채 다음 사람에게 전달하기 때문에 서로의 합의에 근거한 공통의 규칙을 탐구할 수 없습니다. 하지만 개인으로서 삶을 시험하면 할수록 위대한 두 가지를 더욱 친밀하고 가깝게 느낄 테지요. 사랑의 어려움이 우리의 성장을 가로막고 요구하는 내용은 생각보다 커다랗기 때문에 초심자인 우리는 그 요구를 충족하지 못합니다. 그럼에도 불구하고 이것을 버텨내어 인간의 가장 진정하고 진실한 존재를 가려버리는 가볍고 경박한 놀이 때문에 자신을 잃는 대신 사랑을 우리가 짊어질 짐과 배움의 시간으로 삼는다면, 작은 보폭이나마 한 발 앞서나갈 것입니다. 우리 뒤를 이을 사람들은 자신의 짐을 덜었다고 느끼겠지요. 그것만 해도 대단한 일입니다.

그러고 나서야 다른 개인과 맺는 관계를 편견 없이 객관적으로 관찰할 수 있습니다. 우리는 이런 관계를 살아보려고 노력하지만 아직 아무런 본보기도 겪은 적이 없습니다. 하지만 세월이 변화하면서 우리의 소심한 시작에 수많은 도움의 손길이 닿았습니다.

소녀와 여자는 새롭고 고유하게 발전해나가는 과정에서 잠깐 동안은 좋은 것이든 나쁜 것이든 남자들의 방식을 모방할 것이며 남자들의 직업을 반복하는 존재가 될 수 있습니다. 하지만 일시적이고 불안정한 변화의 시기가 지나면 여자들은 그런 (때로는 우스꽝스러운) 허구와 변장이 남자들의 왜곡된 영향으로부터 자신의 고유한 본성을 정화하려는 행동이었음을 깨달을 것입니다. 여자들은 더욱 직접적이고 결실을 거두는 삶, 더욱 신뢰가 머무는 삶을 살아갑니다. 그래서 근본적으로 훨씬 성숙한 인간입니다. 과

오의 무게에 눌려 삶의 표면 아래로는 들어가보지 못한 가벼운 남자들과는 다릅니다. 남자들은 자만심이 넘치고 성질이 급해서 사랑한다고 여기는 대상을 깔보고 무시합니다. 이런 고통과 굴욕을 견뎌온 여자라는 존재는 외적인 지위가 변하고 여자라는 성별의 관습을 벗어던질 때 빛을 봅니다. 이러한 변화가 다가오고 있다는 사실을 깨닫지 못한 남자들은 그때가 되면 깜짝 놀라 넘어지겠지요. 언젠가 (벌써 북방의 여러 나라에서는 믿음직스러운 변화의 조짐이 빛나고 있습니다만) 소녀가 그 자체로서 존재하고 여자라는 이름이 남자의 반대가 아닌 고유한, 다른 사람들의 보충 설명이나 제한을 필요로 하지 않는 명칭이 된다면 여자라는 존재는 비로소 자신의 삶과 존재를 누릴 것입니다.

이러한 진보가 지금의 그릇된 사랑 경험을 (한참 뒤처진 남자들의 의지에 맞서) 변화시키고 근본부터 바꿀 테지요. 사랑의 경험이 남자에게서 여자에게로 흘러가는 것이 아닌 인간 대 인간의 관계로 바뀌는 것입니다. 그리고 더욱 인간적인(상대방을 한없이 배려하며 온화하고 깔끔하게 엮였다가 명확하게 풀리는) 사랑은 우리가 고군분투하며 가까스로 준비하는 사랑과 닮을 것입니다. 사랑이란 그 안에서 두 사람의 고독이 서로 보호하고 가까이 서서 인사하는 것입니다.

마지막으로 소년 시절에 경험한 위대한 사랑이 사라졌다고 생각하지 마십시오. 그때 이미 거대하고 관대한 희망이 내면에서 익어가지 않았다면 당신이 어떻게 지금까지 살아 있겠습니까? 나는 당신의 기억 속에 남은 모든 사랑이 강력하며 전지전능하다고 믿습니다. 사랑은 당신의 첫 고독이었고 당신이 인생에서 행한 첫 내면의 작업이었기 때문입니다. 친애하는 카푸스 씨, 당신에게 늘 행운이 함께 하기를 바랍니다!

당신의

라이너 마리아 릴케

소네트

프란츠 카푸스

내 삶 사이에서 전율하는
한탄도 한숨도 없는 깊고 어두운 비애.
내 꿈 속 새하얀 눈꽃은
가장 조용한 날들의 축성식.

그러나 가끔 수많은 의문이
나의 여정을 방해한다. 나는 작아져서
떨며 지나간다. 어떤 호수의
밀려오는 물결을 감히 잴 수 없듯이.

그러면 나에게 슬픔이 내려앉고
잿빛으로 빛나는 여름밤 같은 어둠에
이따금씩 별 하나만 가물거린다.

나의 손이 사랑을 더듬는 이유는
뜨거운 입으로 내지 못하는 소리를
소리 내어 빌고자 하는 까닭이니…

여덟 번째 편지

1904년 8월 12일

스웨덴 플레디의 보르게뷔 고르드에서

친애하는 카푸스 씨

당신에게 도움이 될 만한 유익한 조언은 할 수 없지만 조금만 더 말해보려고 합니다. 당신은 지난날 수많은, 그리고 커다란 슬픔을 겪었습니다. 당신은 지나간 슬픔도 여전히 힘겹고 언짢은 일이었다고 말합니다. 하지만 생각해보십시오. 그 거대한 슬픔들이 오히려 당신의 중심을 꿰뚫고 지나가지 않았습니까? 당신이 슬퍼하는 동안 내면이, 즉 당신의 어딘가가, 당신의 많은 부분이 변하지는 않았나요? 슬픔의 소리를 덮어 들리지 않게 하려고 사람들 사이로 끌고 갈수록 슬픔은 더욱 위험하고 악한 감정이 됩니다. 겉핥기식으로 대충 치료받은 질병처럼 슬픔은 잠시 물러났다가 휴지기가 지나면 더욱 매섭게 터져나옵니다. 이런 슬픔이 내면에 모여 인생이 되고, 이런 인생은 살지 못한 삶이자 천대받은 삶, 절망적인 삶이 되고 이로 인해 사람은 죽을지도 모릅니다. 우리의 지식이 미치는 곳보다 멀리 볼 수 있다면, 예상보다 앞선 것을 내다볼 수 있다면 기쁨을 대할 때보다 더 큰 믿음으로 슬픔을 받아들일 수 있을 테지요. 슬픔이란 새로움과 미지가 우리 마음으로 들어오는 순간이기 때문입니다. 감정은 낯선 당혹감에 말문이 막히고 내면의 모든 것이 뒤로 물러섭니다. 그 자리에 적막이 생기고 아무도 알지 못하는 새로움이 적막 한가운데 서서 침묵합니다.

나는 우리가 느끼는 슬픔의 대부분은 우리가 마비 상태라고 생각하는 긴장의 순간들이라고 봅니다. 우리는 익숙하지 않은 감정 안에서 삶의 소리를 듣지 못하기 때문입니다. 그럴 때 우리는 내면에 들어온 낯선 것과 단둘이 남기 때문입니다. 우리와 가깝고 친숙한 것들은 잠시 떨어져나갔기 때문입니다. 우리가 몸을 제대로 가눌 수 없는 변화의 중심에 서 있기 때문입니다. 이렇게 슬픔이 지나갑니다. 우리 내면에 다가온 새로움은 심장으로 들어갑니다. 심장 가장 깊숙이 있는 심실로 들어갑니다. 그 자리에도 얼마 머물지 않고 혈액 속으로 들어갑니다. 우리는 그게 무엇이었는지 경험하지 못하지요. 아무 일도 일어나지 않았다는 말에 쉽게 속아 넘어갑니다. 하지만 우리는 손님이 찾아오면 집 안이 바뀌듯이 변화했습니다. 누가 왔는지 말할 수 없지만, 앞으로도 영원히 알 수 없을 테지만, 수많은 징조들이 미래가 이러한 방식으로 우리 내면에 들어와 모습을 바꿨다는 사실을 알려줍니다. 훗날 그 일이 실제로 일어나기 전에 말이지요. 그래서 슬플 때 고독해야 하고 내면을 유심히 지켜봐야 합니다. 시끄럽고 우연한 시점보다 아무런 사건도 없고 움직이지 않는 듯 보이는 순간 미래가 우리 내면에 들어서고, 삶에 더욱 가까이 다가오기 때문입니다. 미래가 외부로부터 우리 내면에 실현되듯이 말입니다. 슬픔에 빠진 우리가 더 조용히, 더 참을성 있게, 더 열린 마음으로 지낸다면 새로움은 그

만큼 더 깊고 더 차분하게 내면으로 들어옵니다. 우리는 그것을 더욱 능숙하게 습득하고, 그것은 더욱더 우리의 운명이 되며, 다가오는 어느 날 그것이 이루어지면(그것이 우리에게서 나와 다른 이에게 간다면) 우리는 마음속 가장 깊은 곳에서 그것과 친근해지고 가까워질 테지요. 이것은 꼭 필요한 일입니다. 반드시 해야 하는 일이며, 우리의 발전은 점차 이런 방향으로 이루어져야 합니다. 새로운 것을 겪기보다 이미 오래전부터 우리에게 속해 있던 것을 경험해야 합니다. 우리는 그토록 많은 움직임에 대한 개념과 생각을 바꿔야 했습니다. 그리고 우리가 운명이라고 부르는 존재가 외부에서 우리 안으로 들어오는 게 아니라 우리 내면에서 생겨난다는 사실을 서서히 깨달았습니다. 수많은 사람이 그 오랜 시간 내면에 있던 운명을 흡수하지 못하고 변화시키지 못했기 때문에 그들 안에서 무엇이 빠져나갔는지 깨닫지 못한 채 살았습니다. 상황이 너무나 낯설어 혼란스러운 공포에 빠진 바로 그 순간 그것이 내면에 들어왔다고 생각했습니다. 그들은 그와 비슷한 어떤 것도 내면에서 찾을 수 없다고 주장했습니다. 오랜 시간 태양의 움직임에 대해 잘못 알고 있었듯이 우리는 다가오는 것의 움직임을 알지 못합니다. 친애하는 카푸스 씨, 미래는 확실히 정해져 있습니다. 하지만 우리는 끝없는 공간에서 움직이고 있지요.

삶이 어찌나 어려운 일인지 알겠지요?

다시 고독을 이야기하자면, 고독은 근본적으로 우리가 선택하거나 놓아줄 수 있는 개념이 아닙니다. 우리는 고독합니다. 그렇지 않은 척 자신을 속이고 행동할 뿐입니다. 그게 전부입니다. 우리가 고독한 존재라는 현실을 직시하며 그것을 전제로 한 발 내디딜 수 있다면 얼마나 좋겠습니까. 하지만 그렇게 하면 몸을 가눌 수 없을지도 모릅니다. 왜냐하면 우리의 눈을 지탱하고 보호하는 모든 점을 빼앗기기 때문입니다. 가까운 것은 사라지고 먼 것은 하염없이 멀게만 느껴지기 때문입니다. 아무런 준비나 변화 없이 자기 방에서 나와 높디높은 산꼭대기에 선 사람이 느끼는 감정과 비슷합니다. 무엇과도 비길 데 없는 불안, 형용하기 어려운 존재에 내맡겼다는 체념이 그를 파괴할 것입니다. 그는 스스로 떨어지거나 우주로 내동댕이쳐지거나 폭발해서 수천 조각으로 찢어지리라 생각할 테지요. 자신의 상태를 인식하고 설명하기 위해 그의 뇌는 얼마나 터무니없는 거짓말을 꾸며내야 할까요? 이처럼 사람이 고독해지면 모든 거리감과 기준이 변합니다. 이러한 변화 중 대부분은 갑작스럽게 이루어지며, 산꼭대기에 선 사람처럼 낯선 상상과 모든 인내심을 뛰어넘는 이상한 감각이 생깁니다. 하지만 이런 것도 경험해야만 합니다. 우리의 존재를 최대한 *넓게* 인식해야 합니다. 모든 것, 유례없는 것조차도 그 안에서 가능하게 만들어야 합니다. 이것이 근본적으로 우리에게 허락된 단 하나의 용기입니다. 우리가 마주하는 가장 기이한 것, 가장 놀라운 것, 가장 설명할 수 없는 것도 용기를 가지고 대하라는 뜻입니다. 그런 의미에서 인간이 겁쟁이였다는 사실은 우리 삶에 엄청난 손해였습니다. 우리가 '환각'이라고 부르는 경험들, 즉 영혼의 세계와 죽음, 우리 가까이 있는 모든 상황은 매일같이 반복되는 저항 때문에 삶의 바깥쪽으로 떠밀립니다. 동시에 우리가 이것들을 파악할 수 있는 감각이 퇴화했습니다. 신에 대해서는 더 말할 필요도 없지요. 그리고 미지의 존재를 향한 두려움은 개인을 쇠약하게 만들뿐더러 사람과 사람 간의 관계도 제한했습니다. 사람 간의 관계가 무한한 가능성으로 가득 찬 강바닥에서 아무 일도 일어나지 않는 황폐한 강가로 끌어올려진 것처럼 말입니다. 사람 간의 관계가 이토록 단조롭고 새로워지는 일 없이 똑같은 사건이 반복되도록 변한 원인은 우리의 게으름만이 아닙니다. 새롭고 예측 불가능한 경험 앞에서 우리가 갖는 경계심, 인간이 대처할 수 없는 그 감정에도 책임이 있습니다. 반면 태연하고 침착한 사람, 불가사의한 것을 포함한 모든 걸 외면하지 않는 사람은 타인과의 관계를 생동감 넘치는 경험이라 느낍니다. 또한 자기 존재를 깊은 내면에서 끌어올리겠지요. 개인의 존재를 크거나 작은 방으로 생각할 때, 대부분의 사람은 그 방의 한쪽 구석, 창가 자리 하나, 그들이 거니는 방바닥 한 면밖에 모르는 것처럼 행동하기 때문입니다. 이렇게 사람들은 자기 나름대로 안정을 찾습니다. 하지만 위험한 불안정이 더 인간적일 때도 있습니다. 에드거 앨런 포의 소설에 나오는 죄수들이 끔찍한 감방을 더듬고 만져서 수감되었다는 형언할 수 없는 공포에 익숙해졌듯이 말입니다. 그러나 우리는 죄수가 아닙니다. 우리 주변에는 구덩이도 올가미도 없으며 우리를 두렵게 만들거나 괴롭힐 존재도 없습니다. 우리는 우리와 상응하는 원소 속에 놓인 듯 삶 속에 놓여 있습니다. 그리고 수천 년 동안 이에 순응하며 삶과 비슷한 모양새가 됐습니다. 우리가 가만히 있으면 뛰어난 보호색 덕분에 우리를 둘러싼 주변과 구분이 안 되지요. 따라서 우리가 우리의 세계를 믿지 못할 이유는 없습니다. 세계는 우리에게 적대적이지 않으니까요. 세계에 두려움이 있다면 그것은 우리의 공포이고, 세계에 타락과 파멸이 있다면 그것은 우리의 심연이며, 세계에 위험이 있다면 우리는 그것마저 사랑해야 합니다. 늘 어려운 쪽으로 향해야 한다는 기본 원칙과 조언에 따라 살아간다면, 아직은 낯설어 보이는 존재도 곧 믿음직스럽고 소중한 존재로 변할 테지요. 우리가 어떻게 모든 민족의 시작을 알린 신화를 잊을 수 있겠습니까? 겉모습이 공주로 변한 용들의 이야기를 말입니다. 우리 삶의 모든 용은 우리가 다시 한번 아름다움과 용기를 뽐내기 바라며 기다리는 공주들일 겁니다. 모든 무서운 것은 사실 깊은 근본에서는 우리의 도움이 필요한 무력한 존재인지도 모릅니다.

그러니 친애하는 카푸스 씨, 당신 앞에 여태껏 본 적 없는 어마어마한 슬픔이 솟아난다고 해도 놀라지 마십시오. 불안이 빛과 구름의 그림자처럼 당신 손 위에, 당신이 하는 모든 일 위에 드리우더라도 놀라지 마십시오. 당신에게 어떤 일이 일어났다는 점, 삶이 당신을 잊지 않았으며 당신을 손에 꼭 쥐고 있다는 점을 떠올려야 합니다. 삶은 당신이 추락하도록 놔두지 않을 것입니다. 당신은 어째서 삶의 동요와 고통과 우울을 없애려고 하십니까? 이러한 것들이 당신에게 어떻게 작용하는지 모릅니까? 당신은 어째서 이 모든 것이 어디로부터 와서 어디로 가는지 끊임없는 질문을 퍼붓나요? 당신이 지금 변화의 한가운데 있으며 그 누구보다도 당신 스스로 변화하기를 바랐다는 사실을 알고 있을 텐데요. 변화하는 과정에 병든 것이 있다면, 병이란 유기체가 낯선 것으로부터 자신을 구출하는 수단임을 기억하십시오. 그러니 인간은 유기체가 병에 걸리도록 돕고, 완전한 질병을 갖도록, 그리고 그것을 부수고 나오도록 도와야 합니다. 그것이 발전이기 때문입니다. 친애하는 카푸스 씨, 당신의 내면에서는 지금 많은 일이 벌어지고 있습니다. 당신은 인내심을 가지고 병을 회복해가는 환자처럼 믿음을 가져야 합니다. 당신은 양쪽 다 해당되니까요. 그뿐만이 아닙니다. 당신은 자신을 감시하는 의사이기도 합니다. 하지만 모든 치료 과정에는 의사가 어찌 손쓸 방법이 없어 그저 기다려야만 하는 날들이 있지요. 바로 그것, 기다리는 것이야말로 당신이 자신을 위한 의사로서 해야 하는 일입니다.

당신 자신을 지나치게 관찰하지는 마십시오. 당신에게 일어나는 일에 성급한 결론을 내리지도 마십시오. 그 일이 그냥 일어나도록 두십시오. 그러지 않으면 당신의 과거를 그저 (도덕적으로) 질책할 것입니다. 당신의 과거가 현재 당신이 마주하는 모든 일에 관여하는데도 말이지요. 하지만 소년 시절의 실수와 소원과 동경 중에서 현재 당신의 내면에 작용하는 부분은 회상하고 비난할 수 있는 것들이 아닙니다. 고독하고 기댈 곳 없는 어린 시절의 이상한 상황은 너무 어렵고 너무 복잡하고 너무나 많은 외부 세력에 떠밀렸으며 실제 삶과 단 하나의 연관도 없었습니다. 어린 시절에 죄악이 하나 스며들었다고 해도 그것을 계속해서 죄악이라 칭해서는 안 되는 이유입니다. 무언가에 이름을 붙일 때는 신중해야 합니다. 때때로 한 인생을 파괴하는 것은 이름 없는 개인의 행동 자체가 아니라 그 행동을 이르는 *명칭* 때문이기도 하니까요. 물론 이런 이름 없는 개인의 행동이 삶의 필연성에서 나와 아무런 부담과 노력 없이 이뤄졌을 가능성이 있습니다. 그리고 당신이 에너지 소모가 너무 크다고 느끼는 이유는 승리를 과대평가하기 때문입니다. 당신이 이룬 '위대한 것'이 반드시 승리는 아닙니다. 물론 당신의 느낌은 틀리지 않았지만 말입니다. 정말 위대한 것은 당신이 기만의 자리에 놓을 곧고 올바른 진정성이 이미 당신의 내면에 존재했다는 사실입니다. 진정성이 없다면 당신의 승리는 그저 아무런 의미도 없는 도덕적 반응일 뿐이겠지요. 하지만 당신의 승리는 인생의 한 면을 장식하게 됐습니다. 친애하는 카푸스 씨, 내가 이렇게 행운을 빌고 있는 당신의 인생 말입니다. 당신의 인생이 얼마나 어린 시절을 뒤로한 채 '위대한 것'을 꿈꿨는지 기억하나요? 이제 그 인생은 위대한 것을 뛰어넘는 더욱 창대한 것을 꿈꾸고 있군요. 이러한 이유 때문에 인생은 고난의 연속이지만, 바로 이러한 이유 때문에 성장을 멈추지 않는 것입니다.

한 가지만 더 말하자면, 당신을 위로하려고 애쓰는 *이 사람*이 아무런 걱정 없이 소소하고 조용한 말이나 하며 위안을 준다고 생각하지 마세요. 나의 인생 또한 많은 고난과 슬픔을 뒤집어쓰고 있으며 당신보다 훨씬 뒤처졌습니다. 그렇지 않다면 내가 어떻게 이런 말을 할 수 있겠습니까.

당신의

라이너 마리아 릴케

아홉 번째 편지

1904년 11월 4일

스웨덴 욘세레드의 푸루보리에서

친애하는 카푸스 씨

답장을 쓰지 못한 채 지나보낸 시간 동안 여행을 하거나 바쁘게 일하며 지냈습니다. 그래서 편지를 쓰지 못했습니다. 오늘도 편지 쓰기가 힘들군요. 벌써 편지를 여러 통 쓰느라 손이 아파오기 때문입니다. 누군가 내 말을 받아쓴다면 더 많은 이야기를 할 수 있을 텐데요. 짧은 이야기지만 긴 편지라고 생각하며 읽어주십시오.

친애하는 카푸스 씨, 때때로 내 편지가 어떻게든 도움이 되길 소망하며 당신을 생각합니다. 솔직히 이 편지들이 당신에게 실질적인 도움이 된다고는 생각하지 않습니다. 그러니 애써 도움이 된다고 말하지 마십시오. 고맙게 여기지도 말고 그냥 받아주기 바랍니다. 이 편지들로 인해 어떤 일이 생길지는 그저 기다려보도록 하지요.

당신이 한 말을 일일이 되짚을 필요는 없을 것 같군요. 당신의 회의적 성향이라든가 외적인 삶과 내면의 삶을 하나로 만들지 못하는 무능력, 당신을 괴롭히는 다른 모든 것에 대하여 내가 할 수 있는 말은 이미 다 했기 때문입니다. 당신의 내면에서 인내를 찾으십시오. 우직하게 당신을 믿으십시오. 어려운 것을 더욱더 신뢰하고 타인들 사이에서 당신의 고독에 기대십시오. 그 외에는 삶이 흘러가는 대로 두십시오. 나를 믿으세요. 어떤 경우에도 삶은 옳습니다.

그렇다면 감정은 어떨까요. 당신을 한데 모으고 들어올리는 모든 감정은 순수합니다. 당신의 한 면만 붙들고 일그러뜨리는 감정은 순수하지 않습니다.

당신이 어린 시절을 회상하며 떠올리는 모든 건 좋은 것입니다. 당신이 지금까지 최고의 순간에 할 수 있었던 일보다 더 많은 것을 이끌어내는 모든 것은 옳습니다. 당신의 혈액을 흐르는 고조高潮는 환각이나 혼탁함이 아니라 바닥을 내려다볼 정도로 맑은 기쁨일 때 긍정적인 것입니다. 무슨 뜻인지 이해할 수 있겠습니까?

당신의 의심도 제대로 훈련한다면 좋은 성질을 지닐 것입니다. *박식*해져야 하고 비판적이어야 합니다. 당신의 의심이 당신의 무언가를 파멸하려 한다면, *도대체 왜* 그것을 추하다고 여기는지 묻고 그에 대한 논증을 요구하며 의혹을 시험하십시오. 그러면 아무 말도 못한 채 당황할 테지요. 어쩌면 반항할지도 모릅니다.

하지만 약해지지 말고 논쟁을 이어가십시오. 그리고 한순간도 눈을 떼지 말고 철두철미하게 행동하십시오. 처음에는 파괴자 같던 의심이 당신을 위한 가장 훌륭한 일꾼으로 변할 것입니다. 또한 당신의 삶을 짓는 모든 일꾼 중에서 가장 현명한 일꾼이 될 것입니다.

친애하는 카푸스 씨, 오늘 말할 내용은 이것이 전부입니다. 그리고 얼마 전 프라하에서 발행된 「독일 연구」에 실린 제 짧은 시를 덧붙이겠습니다. 그 시를 빌려 삶과 죽음에 대해, 이 두 가지가 얼마나 위대하고 장엄한지 말하겠습니다.

당신의

라이너 마리아 릴케

열 번째 편지

1908년 성탄절 다음 날
파리에서

친애하는 카푸스 씨

당신이 보내준 아름다운 편지를 받고 얼마나 기뻤는지 모릅니다. 정말 진정성 있고 현실적인 내용이었습니다. 당신이 제 모습을 되찾았다니, 참 좋은 소식입니다. 곱씹어 생각할수록 잘된 일이라는 생각이 드는군요. 사실 이 편지는 성탄절 전날 쓰려고 했습니다. 하지만 겨우내 일 속에 파묻혀 있다 보니 벌써 오랜 축제날이 다가왔군요. 꼭 필요한 일조차 끝낼 시간이 없었습니다. 편지 쓸 시간은 더욱 부족했지요.

하지만 축제가 시작된 며칠 동안 종종 당신을 생각했습니다. 산을 전부 집어삼킬 듯 거센 남풍이 휘몰아치는 가운데 인적 드문 산속 고독한 성채에 조용히 자리한 당신의 모습을 떠올렸습니다.

고요함은 헤아릴 수 없는 존재임이 분명합니다. 그 안에 소음과 움직임이 들어 있는 이유지요. 멀리 떨어진 바다까지 다가와 이 모든 것과 어우러져 소리를 낸다고 생각하면, 선사 시대 화음의 가장 깊은 곳에 있는 음이 울리겠지요. 당신에게 바라건대 확고한 믿음과 인내를 가지고 위대한 고독이 활약하도록 내버려두십시오. 고독은 당신의 인생에서 지워지지 않을 테니 말입니다. 고독은 앞으로 당신이 경험할, 그리고 실행할 모든 일 속에서 익명의 영향력을 띠고 조용히 본질적으로 작용할 것입니다. 우리 몸속에서 조상들의 피가 끊임없이 움직이며 우리의 피와 섞여 반복되지 않는 고유의 존재가 되듯이 인생의 전환점마다 이런 일이 벌어지겠지요.

그렇습니다. 당신이 굳건하고 말로 나타낼 수 있는 존재를, 그러니까 직위와 제복과 임무를, 모든 구체적이고 제한된 것을 가지고 있다는 사실이 기쁠 따름입니다. 이런 제한된 것들은 고립되고 소수의 사람이 함께 하는 환경에서 엄격함과 필연성을 더합니다. 그래서 군인이라는 직업의 가벼우면서 허송세월하는 듯한 특징이 결국 주의 깊은 감시가 되고 독자적인 집중력을 만들어내고, 또 향상시킵니다. 우리에게 일어난 상황 속에 스스로 존재하는 것, 가끔 우리를 자연의 위대한 존재들 앞에 세우는 상황 속에 머무는 것, 그것이 우리에게 필요한 전부입니다.

예술 또한 삶의 방식일 뿐입니다. 사람은 살다 보면 어떻게 사느냐에 관계없이 미처 깨닫지 못한 사이에 예술을 준비하고 있는지도 모릅니다. 우리는 비현실적인 직업이나 절반만 예술적인 직업보다 현실적인 직업을 가졌을 때 예술에 가까이 다가갈 수 있습니다. 어중간하게 예술적인 직업은 교묘하게 예술 가까이 서 있는 척하면서 사실은 모든 예술을 부정하고 공격합니다. 저널리즘이 그러듯이 말이지요. 거의 모든 비평과 문학 혹은 문학이라 불리고자 하는 것들의 4분의 3 또한 그러합니다. 한마디로 나는 당신이 그곳으로 빠질 위험을 극복하고 험

난한 현실 어딘가에서 고독하고 용감하게 살아간다는 사실이 기쁩니다. 다가오는 새해에도 이러한 태도를 유지하고 더욱 강해지기를 기원합니다.

언제나 당신의

라이너 마리아 릴케

habe ich nun alle Möglichkeiten und sogar Verlockungen, fortzugehen, blindlings ausgeschlagen, sitze, nicht ohne Unbehaglichkeit, in meinem unzulänglich erhitzten Arbeitsraum und erwarte von einem, mit der Zeit hoffentlich unbändig guten Gewissen, daß es mir solche Standhaftigkeit, Absage und Einkehr reichlich entgelten werde.

Da ich gar nichts Neues abgeschlossen habe so weiß ich Ihnen heuer rein nichts auf den Weihnachtstisch zu legen. Wollen Sie mit der endlich zustandegekommenen Neuausgabe unseres Rodin vorlieb nehmen?; der Text ist freilich der alte (nun schon wie alt, – wie die Zeit vergeht!) aber die Bilderauswahl, an der Rodin selbst entscheidend beteiligt war, macht sein erneutes Auftreten und Dableiben halb und halb entschuldbar.

In alter Freundschaft Ihrer beider

ergebener

Paris,
am 22. Dezember
1913

17 RUE CAMPAGNE-PREMIÈRE XIVe

Liebe Frau Fischer,

im Herbst, in meinen letzten München-er Tagen war es, daß meine Frau einen Brief von Ihnen bekam: diesen Brief sollte ich lesen dürfen, aber ich reiste, und es wurde nichts daraus. So daß ich seit Ihren Zeilen vom Sommer, die noch vor jenem unfaßlich grausamen Ereigniß, das dann bald über Sie muß hereingebrochen sein, geschrieben waren, nicht nur keine unmittelbare (sondern auch mittelbar) kein Wort von Ihnen sehen konnte. Und doch war mein Gedenken, an Sie so rasch, als an den guten Herrn

라이너 마리아 릴케

Rainer Maria Rilke, 1875~1926

1875년 체코 프라하에서 태어났다. 아버지는 철도 회사에 다녔고 어머니는 고급 관리의 딸이었다. 상류 사회를 동경한 어머니는 여섯 살까지 그를 딸처럼 키웠지만 아버지의 뜻에 따라 육군사관학교에 들어갔다가 건강이 나빠져 중퇴했다. '가혹한 수난'의 시기로 묘사되는 이때부터 시를 쓰기 시작했고, 1895년 프라하대학 문학부에 들어갔다. 그 후 뮌헨으로 가서 루 살로메를 만나 그녀와 함께 러시아를 여행하며 시 세계가 크게 달라졌다. 훗날 릴케는 이때를 '진지한 시작의 시초'라고 말했다. 살로메의 권유로 르네를 독일식 이름인 라이너로 바꾸기도 했다. 파리로 건너가 로댕의 문하생인 베스토프와 결혼했다. 로댕의 비서로 일하며 창작의 깊이와 불멸성에 대한 가르침을 받았고, 창작을 통해 존재와 본질을 탐구하는 서정시의 새로운 양식을 만들어나갔다. 이후 로마, 스웨덴, 카프리 등을 여행했으며 1904년 「말테의 수기」를 쓰기 시작했다. 1919년 스위스로 이주하여 폴 발레리, 앙드레 지드 등의 프랑스 문인들과 가까이 지내면서 여생을 보냈다. 1922년 2월에 발표한 「두이노의 비가」 「오르페우스에게 바치는 소네트」에서 실험

적 형식을 추구하며 죽음으로 삶을 완성하는 시 세계의 새로운 경지를 개척했다. 1926년 백혈병으로 영면했다. 릴케는 사랑과 고독, 밤과 죽음에 헌정한 2천여 편의 시로 독일 현대시를 완성했다.

강민경

독어독문학을 전공하고 독일계 회사에 다니며 글밥아카데미 일어 출판 번역 과정을 수료했다. 독일 어학연수 후 지금은 바른번역 소속 번역가로 활동 중이다. 「젊은 베르테르의 슬픔」「도대체 왜 그렇게 말해요?」「피터 틸」 등의 역서가 있다.

소 판
디자인이음
유 권

젊은 시인에게 보내는 편지

2020년 8월 31일 1판 1쇄 발행
2025년 1월 6일 6쇄 발행
지 은 이 라이너 마리아 릴케
옮 긴 이 강민경
발 행 인 이상영
편 집 장 서상민
편 집 인 이상영
디 자 인 서상민, 이미원
마 케 팅 박진솔
교정·교열 노경수
펴 낸 곳 디자인이음
등 록 일 2009년 2월 4일:제300-2009-10호
주 소 서울시 종로구 효자동 62
전 화 02-723-2556
메 일 designeum11@gmail.com
blog.naver.com/designeum
instagram.com/design_eum

*잘못된 책은 바꾸어드립니다.